LE DÉVOUEMENT

DE MALESHERBES.

IMPRIMERIE DE MADAME JEUNEHOMME-CRÉMIÈRE,

RUE HAUTEFEUILLE, N° 20.

LE DÉVOUEMENT

DE MALESHERBES,

PAR M. CONSTANT-BERRIER.

An honest man's the noblest work of God.
POPE.

L'homme de bien est le plus noble ouvrage de Dieu.

PARIS,

Chez LADVOCAT, Libraire, Palais-Royal;
Les Marchands de Nouveautés.

1821.

AVERTISSEMENT.

QUARANTE-SIX concurrens se sont présentés pour le prix de poésie dont le sujet était : LE DÉVOUEMENT DE MALESHERBES. Deux ouvrages seulement ont été réservés par l'Académie française pour un examen ultérieur. Celui de M. COQUILLE et le mien. Je n'ai pas obtenu le prix, mais la distinction honorable qui m'a été accordée m'enhardit à publier ma pièce. Je prétends d'autant moins appeler du jugement de l'Académie, que je me suis efforcé de faire disparaître quelques-uns des défauts qui l'ont sans doute motivé!

LE DÉVOUEMENT

DE MALESHERBES.

LE Cantique du soir dans le temple a cessé....
Il est minuit... Assis sur le marbre glacé,
Vainement je retiens mon haleine captive ;
Aucun son n'a frappé mon oreille attentive ;
Seul je veille en ces lieux où la nature dort,
Et tout me dit : Mortel, ici règne la mort !
La terre qui te porte est la terre commune
Où viennent s'engloutir le rang et la fortune ;
Ici plus de grandeurs, plus d'orgueil, plus d'amour!..
Mais qui trouble la paix de ce triste séjour ?
N'entends-je pas frémir la feuille desséchée
Par l'aquilon d'automne aux forêts arrachée ?...
Mes sens ont tressailli d'une secrète horreur !
Serait-ce un spectre affreux qu'un Dieu juste et vengeur
Condamne pour jamais à soulever sa pierre,
A venir mendier une humaine prière ?...
Fuis ! au lieu d'ajouter encore à mon effroi !
Rentre au fond du tombeau... Je vais prier pour toi...
Pour moi!.. Puisse le ciel à mes vœux plus prospère
Touché de mes douleurs, terminer ma misère !

(Me répond une voix qui pénètre mon cœur)
Si tu voyais mes traits flétris par le malheur !...
De nos troubles civils déplorable victime,
Mon Roi, sur l'échafaud, pardonna jusqu'au crime;
Mais hélas! un pardon suffit-il au remord ?...
Que le temps est tardif lorsqu'on attend la mort!
Depuis le jour fatal où cette main livide
Laissa tomber dans l'urne un vote régicide,
Je cherche vainement à céder au sommeil;
Pour moi dont rien ne peut signaler le réveil,
La nuit n'a point de voile et le jour point d'aurore!
Comme aujourd'hui, demain je dois veiller encore!

De la lune soudain les rayons argentés
Frappent sur un vieillard debout à mes côtés :
Son front est sillonné d'ineffaçables rides ;
Il soupire..., et fixant sur moi ses yeux humides;
Vois-tu, jeune étranger, cet imposant tombeau,
Ouvrage encor récent d'un habile ciseau.
Approche, me dit-il, vois de quel nom célèbre
Se pare avec orgueil ce monument funèbre
Consacré par le peuple au défenseur des Rois?
Prosterné, chaque nuit, au pied de cette croix,
Vieillard cher à Louis, toi qui l'osas défendre,
Des pleurs du repentir je viens mouiller ta cendre;
Malesherbes, je vais célébrer tes travaux !
C'est un soulagement que je donne à mes maux !
Immortel avocat d'une immortelle cause,
Du céleste séjour où ton âme repose,

Pour dire tes vertus, ta gloire, inspire-moi
Comme Dieu t'inspira pour défendre ton Roi !
A mon indignité, Malesherbes, pardonne
Si ma coupable main te tresse une couronne !

Le vieillard dont la voix se perd dans les sanglots,
S'arrête, se recueille, et poursuit en ces mots :

Plus aimé des Français que d'une cour injuste, (1)
Ministre dévoué d'un prince toujours juste,
Plus libre que son maître, il avait abdiqué (2),
Pour goûter un repos tant de fois invoqué ;
Il pensait, dédaignant une gloire stérile,
Que l'homme le plus grand était le plus utile.
Retombé du pouvoir au rang de citoyen,
Il sommeillait heureux s'il avait fait le bien ;
Le pauvre l'adorait ; il le nommait son père !...
Son père !.. et dans ces temps de troubles, de misère,
Malesherbes comptait d'innombrables enfans !
Hélas ! les factieux seront donc triomphans !
Sur le trône ébranlé déjà Bourbon chancelle ;
Malesherbes répond à Louis qui l'appelle (3) :
Voler à son secours est sa première loi...
Ah ! s'il pouvait sauver son pays et son Roi,
Dût un jour l'échafaud payer tant de services !

Ainsi, le vétéran couvert de cicatrices,
Brûlant du souvenir de plus de vingt combats,
Si la France en péril rappelle ses soldats,

Reprend avec ardeur son pesant cimeterre,
Et de ses vieux lauriers secouant la poussière,
En ombrage son casque au foyer suspendu :
Il part : au sein des camps il est bientôt rendu;
L'aspect des ennemis a doublé son courage :
Il va combattre encor, moins vigoureux,.. plus sage.

Mais que peut un mortel contre l'arrêt du sort?
Malesherbes faisait un impuissant effort;
Fidèle, il succombait avec la Monarchie.

La discorde, en effet, mère de l'Anarchie,
De ses feux dévorans embrâsait les esprits,
Au milieu des Etats assemblés dans Paris.
De quelques députés la funeste éloquence
Ebranlait chaque jour la royale puissance.
Louis, pour les frapper, levait un bras tardif;
Au sein de son palais bientôt il fut captif,
Et lorsque ses soldats, ses serviteurs fidèles
Répondaient par la force à des sujets rebelles,
Il leur criait : « Amis, quel est donc votre espoir?
Obéir et mourir, voilà votre devoir !* »
Ils mouraient !... Et Louis, pour calmer la furie
De vils séditieux, honte de la patrie,
Pour les siens, pour la France inquiet à la fois,
Accepte, en gémissant, d'avilissantes lois !

* Historique.

De la rebellion j'ai vu l'obscur emblême
Remplacer sur son front l'éclatant diadême !
Le crime a triomphé : poussant un cri fatal,
De la chute du trône il donne le signal.

Le fils de St-Louis, dans les cachots du Temple,
Aux souverains du monde offrait un grand exemple:
Fatigué de la terre, il aspirait au ciel !
C'est là que l'attendait un repos éternel...
Le sein du tout-puissant, de ce suprême juge,
Du monarque innocent était le seul refuge,
Dieu lui tendait les bras quand tout l'abandonnait.
Que dis-je ? un serviteur, un ami lui restait :
Un vieillard, oubliant ses ans et sa faiblesse,
Sent renaître en son cœur les feux de la jeunesse;
C'est du ciel que lui vient cette sublime ardeur !
Il s'arrache au repos, à l'étude, au bonheur,
A ses enfans !... pourtant il adorait sa fille !... *
Il accourt... Les geoliers de l'auguste famille
Le laissent pénétrer dans la lugubre tour
Où gémit le monarque, objet de son amour...
« O mon Roi! je puis donc vous voir et vous entendre!
« Ils vous ont accusé, mais je viens vous défendre...
« Me défendre!... Et Louis le reçoit dans ses bras :
« Vous me défendre ! ami, ne vous abusez pas;
« D'un zèle si touchant craignez d'être victime... ;
« Vous pleurez!.ah! pleurer en ces lieux est un crime!»

* Madame de Rosambo qui fut décapitée avec son époux
et son père, le 22 avril 1794.

De Louis, à ces mots, embrassant les genoux,
« Nous saurons vous sauver ou périr avec vous ! »
(Répond avec transport le ministre fidèle).
Il vousassociait à sa gloire immortelle,
Tronchet, de Sèze, ô vous, courageux magistrats !
Paris vous applaudit, se pressant sur vos pas...
J'ai vu, j'ai vu le peuple en ces instans d'alarmes,
Entourer Lamoignon, mouiller ses mains de larmes.
Le peuple ! il fut toujours humain, compâtissant...
Il put être égaré, mais il fut innocent !
Intrépide vieillard, ton dévoûment sublime
Etonna seulement les cœurs faits pour le crime...
« Voilà le défenseur des parlemens proscrits (4),
(S'écria La Montagne *... à ce nom je frémis !)
« Voilà le zélateur des libertés publiques !
« Eh quoi ! le magistrat dont les vertus civiques
« Firent jadis trembler et la cour et les grands,
« Vient plaider aujourd'hui la cause des tyrans ! »

Lamoignon ! que pouvait toute ton éloquence !
Le sort de la victime était fixé d'avance...
Louis devait périr sous le fer du bourreau :
Quand tu le défendais on creusait son tombeau !...
Lamoignon, cependant, à son serment fidèle,
Etranger à l'effroi, vole où son cœur l'appelle :
Pour son Roi qu'il espère arracher à son sort,
Il demande la vie ; on lui répond : La mort !

* C'est ainsi que l'on désignait le côté gauche de la convention.

La mort ! À cet arrêt succède un cri de rage,...
Et ce cri prolongé couvre la voix du sage...
Lamoignon, par amour bien plus que par devoir,
Revient près de Louis, dévoué..., sans espoir !

« C'en est fait, mon ami, votre douleur l'atteste ;
« Les cruels ont porté la sentence funeste !
« Je l'avais bien prévu ! « Le ministre, à ces mots
Prononcés par son Roi répond par des sanglots :
Une pâleur mortelle a couvert son visage...
« Sachez mieux me donner l'exemple du courage !
« Je suis calme : placez votre main sur mon cœur,
« Malesherbes ; jugez vous-même si j'ai peur...
« Il ne bat que d'amour pour eux, pour la patrie !
« Mais (ajoute Louis d'une voix attendrie)
« Comment récompenser les nobles magistrats?... »
Il dit : Tronchet, de Sèze ont volé dans ses bras...
« Eh ! n'est-ce pas assez d'un choix qui nous honore?
« Daignez, Sire, daignez nous embrasser encore !
« C'est le plus digne prix de nos soins malheureux!...»

Tous les trois, du monarque ont reçu les adieux...

L'airain frappe les airs : D'où vient ce peuple immense,
L'œil fixé sur la terre, il se presse en silence....
Malesherbes frémit : « O regrets superflus !
« Le meilleur des humains (dit-il) n'existe plus !
« De son amour pour nous il a péri victime !
« Quel fruit espèrent-ils recueillir de leur crime,

« Les lâches, les cruels qui l'ont assassiné?
« Ingrats! sur l'échafaud il vous a pardonné!
« Vous qui l'avez commis ce forfait exécrable,
« Tremblez, tremblez devant l'histoire inexorable!
« Sur ses pages, déjà, je vois ces mots écrits :
« De toutes les vertus l'échafaud fut le prix !

Oui, vertueux vieillard, ton supplice s'apprête;
Le tribunal impie a signalé ta tête;
Un avide bourreau va, de ses doigts sanglans,
Quand tu ne seras plus souiller tes cheveux blanc
Aux lauriers dont t'orna ce peuple qui t'admire,
Sur ton front va s'unir la palme du martyre!

Jeune homme; laisse-moi respirer un instant
(Me dit le régicide)

Accablé, sanglottant,

Lamoignon (reprend-il) avait fui de la ville,
Précipitant ses pas vers son champêtre asile;
Ses jardins où brillait un éternel printemps,
Cet air pur, embaumé que l'on respire aux cha
Ces gazons toujours frais, ces verdoyans portiq
Que l'art a façonnés en lignes symétriques,
Surtout de ses enfans les soins consolateurs,
Tant que durait le jour suspendaient ses doule
Dans le calme des nuits, seul avec sa pensée,
Il pleurait sur la France et sa splendeur passé

L'image de son Roi qu'on venait d'immoler ,
Fatiguait son repos si facile à troubler. . .
Dans son léger sommeil quelquefois de vains songes
Se jouaient de ses sens par de rians mensonges...
Le lis plus éclatant semblait toucher aux cieux...
Au milieu des Français Louis vivait... heureux !..
Et lui-même, au déclin de sa noble carrière,
Environné d'amis, de sa famille entière,
Content d'avoir vécu, sûr d'être regretté ,
Dans le sein de la paix et de la libert é
Attendait doucement sa dernière journée...
Trompeuse illusion ! une horde effrénée
De brigands altérés de son sang, de son or ,
Enchaînent le vieillard qui sommeillait encor...
Affreux réveil ! hélas ! il n'a pu se défendre !
Ils ont chargé de fers et sa fille et son gendre...
Les lâches vont traîner leur proie à ses bourreaux..
Pleurez sur Lamoignon , habitans des hameaux !
Le château n'ira plus consoler la chaumière;
Quelle main dotera la timide rosière ?
Quelle main posera sur son front virginal
La fleur qui lui promet le bouquet nuptial ?
Quelle main répandra l'aisance en vos ménages,
Relèvera vos bleds couchés par les orages ?
Pleurez sur Lamoignon , habitans des hameaux !
Que dis-je ? il touche enfin au terme de ses maux:
Une douce gaîté brille sur son visage.....
Un cachot s'est ouvert devant les pas du sage;
De nombreux prisonniers , innocens comme lui,
Dans ce séjour, du pauvre ont reconnu l'appui.....

Un sourire a payé les larmes qu'on lui donne...
Bien loin qu'en ces momens son grand cœur l'abandonne
Avec calme il entend l'horrible tribunal
Prononcer en tremblant le jugement fatal...
Il souriait encor sur les bords de la tombe ! (5)
L'échafaud est dressé ! l'innocence succombe !
Fille de Lamoignon, espoir de ses vieux ans,
Tu meurs près d'un époux, à peine en ton printems
Ainsi, dès le matin, sur sa tige flétrie,
Périt la tendre fleur, orgueil de la prairie...
Malesherbe est déjà sous le glaive sanglant !
Le peuple a détourné la vue en frémissant...
O prodige !.. un bourreau s'attendrit et soupire...
Le fer mortel s'échappe, et le héros expire !
Ainsi tombe le chêne orgueil de la forêt !
Le martyr monte aux cieux où son Roi l'attendait.

Trop souvent la vertu ne recüeillit sur terre
Que des mépris, des fers, l'échafaud pour salaire !
Mais aussi, dans le sein de la Divinité,
Le prix de la vertu, c'est l'Immortalité !
L'ombre, jeune étranger, fuit devant la lumière ;
Le jour est salué par la nature entière,
Et quand tu le reçois comme un bienfait nouveau,
Adieu ! pour moi le jour est un pesant fardeau !

FIN.

NOTES.

(1) *Plus aimé des Français que d'une cour injuste.*

Des courtisans frondaient les actes de Malesherbes et de Turgot. Ce dernier se résigna. Malesherbes fut obligé de se retirer.

(2) *Plus libre que son maître il avait abdiqué.*

C'est en acceptant la démission de Malesherbes que Louis XVI lui dit : « *Vous êtes bien heureux, M. de Malesherbes ; vous pouvez abdiquer !* » Louis XVI n'était qu'à la seconde année de son règne.

(3) *Malesherbes répond à Louis qui l'appelle.*

Il fut, pour la seconde fois, appelé au conseil du roi, en 1787, peu de temps après l'assemblée des notables, et il se retira peu de temps avant la convocation des états-généraux.

(4) *Voilà le défenseur des parlemens proscrits.*

Malesherbes avait chaudement embrassé la cause des parlemens.

(5) *Il souriait encor sur les bords de la tombe.*

Lamoignon marcha à la mort avec une sérénité qui ne peut être comparée qu'à celle de Socrate. Son pied ayant rencontré une pierre lorsqu'il traversait la cour du palais, il dit à son voisin : « *Voilà qui est d'un fâcheux augure, à ma place un Romain serait rentré.* »

www.ingramcontent.com/pod-product-compliance
Lightning Source LLC
Chambersburg PA
CBHW061532170626
46811CB00004B/1928